뉴욕의 고양이들

세상에서 가장 쿨한 고양이들을 인터뷰하다

FELINES OF NEW YORK
뉴욕의 고양이들

짐 튜스 지음 | **엘렌 심** 옮김

arte

세상의 모든 고양이에게 이 책을 바칩니다.

나는 그대의 분부를 따르겠습니다.

들어가는 말

언젠가 윌리엄스버그에서 길 고양이 무리 옆을 지나고 있었다. 그때 그중 한 마리가 내게 말을 걸어왔다.

"이봐, 날 좀 찍어 봐. 몇 가지 좀 물어 보고. 그런 뒤에 내 사진이랑 인터뷰한 걸 홈페이지에 올리는 거야. 그걸로 책도 낼 수 있지 않을까?"

"그런 건 다른 누군가가 이미 하고 있는 것 같아. 사람들로 말이야."

"그렇지. 근데 고양이들로 하면 더 웃길 것 같아."

부탁하는 고양이는 고사하고 말하는 고양이는 들어 본 적도 없었다. 마침 카메라를 가지고 있었기 때문에 고양이의 말을 따랐다. 나는 그렇게 몇 달 동안 고양이 수백 마리의 사진을 찍고 인터뷰를 했다. 그런 뒤 고양이 한 마리, 한 마리가 모두 각자의 이야기를 품고 있다는 사실을 알았다. 대부분은 새에 관한 것이나 터무니없는 것이지만, 동시에 많은 이야기들이 내가 지금껏 접근해 보지 못한 관점으로 뉴욕을 보여 줬다. 나는 이 고양이들 이야기가 당신에게도 내가 본 것 같은 새로운 관점을 줄 수 있기를 바란다. 만약 그런 게 보이지 않는다면, 그냥 사진을 즐겁게 감상하기를!

우리 할아버지랑 할머니는
빈손으로 뉴저지에서 여기로 이사 왔어.
반면에 지금 나는 상자를 가지고 있지.
할아버지랑 할머니가 날 보면 좋겠어.
그러면 할머니랑 할아버지는 막,
"그 죽여주는 상자는 어디서 났어?
우리는 상자를 가져 본 적이 없는데." 이러겠지?
근데 나도 몰라. 이 상자는 그냥 어디선가 나타났어.
그래서 냉큼 이 안에 들어앉았지.

— 제디, 로어 이스트사이드

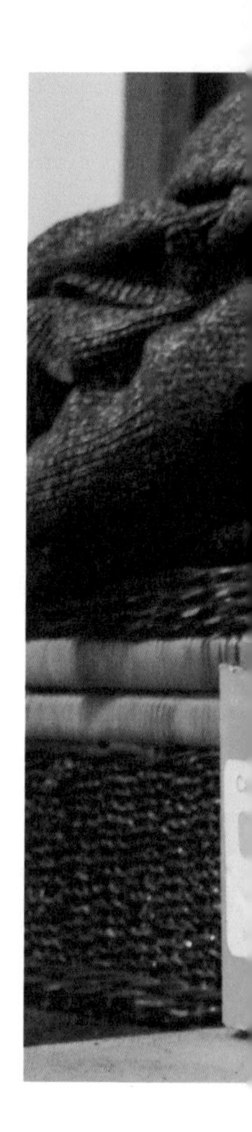

Preserve
your foods
Fill your clean jars
Boil in Waterbath or Pressure
Canner for time specified in recipe
See bottom panel for complete instructions.
0 14400 67000 8
Choose the jar that fits your needs

실제로 기후 변화가 일어나고 있다고 생각해.
그렇지만 그 사실을 별로 떠올리고 싶지는 않아.
바다가 조금씩 맨해튼을 삼켜 버리면 어떡해?
인간이 환경을 훼손했는데 결국 내가 젖게 된다고?
절대 용납할 수 없는 일이야.

— 마일로, 어퍼 이스트사이드

나는 대학 졸업장 같은 공식적인 학위를
따지 않은 걸 가장 후회해. 생각해 봐.
내가 괜찮은 대학원을 다녔더라면
지금 어디에 있을지.
확실한 건 지금처럼 이 의자에
앉아 있지는 않았을 거라는 거야.
좀 더 좋은 의자에 앉아 있겠지.

— **디디드, 그린포인트**

나는 재택근무를 하는데, 계속 집에서만 지내는 건
정신 건강에 해로워. 그러니 사교 활동이 중요해.
주위에서 찾을 수 있는 건 뭐든 상관없어. 예를 들면,
나는 가끔 소파나 아파트 북동쪽 구석에 말을 걸곤 해.
이런 대화도 없다면 아마 미쳐 버리고 말 거야.

— 에마, 윌리엄스버그

사람들은 우리가 월요일을 싫어한다고 생각해.
근데 그건 미디어가 주입한 위험한 고정관념이야.
우리는 오늘이 무슨 요일인지도 모른단 말이지.

— 찰리, 베드퍼드 스타이버선트

누군가를 정말로 믿어도 될까?
내 말은, 그 사람을 믿어도 되는지 어떻게 알지?
먹을 걸 준다면 아마 괜찮은 사람이겠지.
이게 사람을 판단할 수 있는 유일한 기준이야.

누가 음식을 준다면, 그 사람을 그냥 바로 믿을 거야?

그게 통조림이나 참치라면? 당연히 믿지. 건사료라면?
글쎄, 그다지 믿지 않을 거야.

— 웨슬리, 부시윅

우리가 사는 곳 건너편 건물은 꽤 오랫동안 공사를
하고 있어. 블록 전체가 끊임없이 공사 중이야.
나는 이 동네가 너무 비싸져서 우리가 쫓겨나지 않을까
걱정하곤 해. 하지만 집세를 내는 건 내가 아니라
그 녀석이지. 그러니까 그 녀석이 알아서 하겠지, 뭐.

— **토비, 미드타운**

우리는 한때 이탈리아에 살았어. 그곳이 제법 선명하게 기억나. 거의 내내 매우 낡은 소파에 앉아 있었어.

이탈리아의 삶에 관해서 또 기억나는 건 없어?

없어. 나를 밖에 못 나가게 했거든.

— 낸시, 윌리엄스버그

자기 이미지나 자존심에 너무 전전긍긍하지 않는 게
좋을 거야. 그냥 자기에게 도움이 되는 일만 해.
사람들은 대개 자기 자신만 걱정하고 신경 쓰거든.
네가 이상한 짓을 해도 아무도 신경 쓰지 않을 거야.
왜냐면 그들도 뭔가 이상한 짓을 하고 있을 테니까.

— 트립, 미드타운

나는 한 번도 진짜 싸움에 휘말려 본 적이 없어.
그래서 검증받은 적이 없다는 기분이 들어. 나는 평화주의자여서
폭력을 피하려고 노력하지. 하지만 난처한 상황에 부닥치면
어떻게 할까 가끔 상상해 봐.

어떻게 할 것 같아?

음, 나는 말도 안 되게 높이 뛸 수 있는 재주가 있거든? 만약 나보다
나이 많은 고양이들한테 쫓기더라도, 나는 걔들이랑 싸우지 않아도
돼. 그냥 걔들은 올라올 수 없는 곳으로 뛰어오르면 되거든. 그리고
이렇게 말할 거야.
"이봐, 우리가 왜 싸우는 거야? 우리는 모두 고양이야.
모두 갖고 놀 만큼 장난감은 충분하다고."

— 오스카, 부시윅

이 아파트의 모든 곳을 구석구석 아주 잘 알고 있어.
돌아다니면 안 될 게 여기 돌아다닌다면
내가 찾아낼 거야. 그리고 그 운명을 결정하겠지.
나는 공정하고 올바른 고양이야.
나는 내가 지닌 힘을 잘 알고 있거든.

— **오이스터, 윌리엄스버그**

가끔 너무 가만히 앉아 있어서 사람들이 나를 장식품으로
착각할 때가 있어. 봐 봐, 지금 해 볼게.
내가 장식품같이 보이면 그렇다고 말해 줘.

굉장한걸? 하지만 나한테는 안 먹혀.
네가 장식품이 아닌 걸 이미 아니까.

아냐, 일단 한번 보라고.
장식품인 줄 알았지? 안 그래?

음……. 그래.

거 봐.

— 노라, 그린포인트

언제 한번 우리는 차를 타고 가고 있었어. 나, 그 여자, 그 남자,
그리고 나랑 같이 사는 고양이 빌. 나는 우리가 동물 병원에 가는 줄 알았는데,
도착한 곳은 어떤 다른 집이었어. 그곳에서 며칠 지냈어. 내 인생에서
그때만큼 안도감을 느낀 적이 없어. 그 뒤로 나는 차를 탈 때마다
그 집으로 갔으면 하고 기대해. 그렇지만 우리가 도착하는 곳은 언제나
동물 병원이지.

— 피트, 어퍼 웨스트사이드

차를 탈 때마다 늘 동물 병원으로 간다는 이야기를 피트가 했어?
걘 자기가 무슨 이야기를 하는지도 몰라. 우리는 그 집으로 1년에 두 번
휴가를 가. 동물 병원에도 그 정도 가고. 걔는 그냥 호들갑 떠는 거야.
좋은 녀석이지만, 호들갑이 좀 심하지.

— 빌, 어퍼 웨스트사이드

가족은 나의 모든 것이야. 그렇지만 우리 가족은 평범하지 않지.
우리 가족은 사람 두 명, 개 한 마리, 나와 다른 고양이로
이뤄져 있어. 내 기억이 시작될 때부터 우리는 늘 함께였어.

다른 고양이랑 형제니?

아니. 웃긴 일이야. 우리는 원래 우리가 형제인 줄 알았어.
어느 날, 심심하던 참에 내가 걔한테 그랬어.
"야, 제퍼슨. 너는 우리가 닮은 것 같아?"
"나도 몰라. 내가 어떻게 생겼는지 말해 봐."
"전체적으로 회색인데, 흰색이 조금 있어. 털은 짧은 편이야."
그러자 걔가 말했어.
"너는 전혀 그렇게 안 생겼는데? 털은 길고, 음,
오렌지색이랑 하얀색이야."
잠시 후 우리는 동시에 외쳤어.
"뭐?"
우리는 더 생각하지 않았어. 왜냐면 가족이니까.
꼭 한배에서 태어나야만 가족인 건 아니잖아?

— 미스터 피퍼스, 부시윅

인생의 어느 한순간, 열정적으로 좋아하던 것들이 그냥 별 이유 없이
조금 지겹게 느껴질 때가 있어. 나쁜 일은 아니야. 그냥 네가 어른이 되고 있고,
중요하게 생각하는 것들이 변한다는 뜻이야. 새로운 관점을 갖게 되지.
이제 이렇게 생각할 수 있어.
"내가 이걸 꼭 쫓아야 하나? 아니면 그냥 여기 느긋하게 앉아서 이런저런
것들에 관해 생각이나 할까? 나는 그냥 여기 앉아서 이런저런 생각이나 할래."
이게 바로 어른이 된다는 거야.

— 제퍼슨, 부시윅

있지, 저기 바닥에 있는 쥐가 소리 내는 걸 들었어.
"쥐라니 우리 집에서는 절대 안 되지!"
그래서 내가 직접 그 쥐를 죽였어. 그것도 엄청나게 빨리 말이야.

저기 있는 쥐? 저건 장난감이야.

아니야, 그렇지 않아! 저건 죽은 쥐야. 몇 달 동안 저기에 죽어 있었다고.

……그래.

— 타누키, 애스토리아

너희들은 잠을 충분히 자지 않아. 언제나 잡을 수 없는
무언가를 사냥하고 있는 듯 보여. 단지 너희들이 상자가 아니라
그릇에 용변을 본다는 이유로 더 지배적인 종족이라고
생각하는 것 같아. 그런데 말이야.
결국, 우리 뒤치다꺼리를 해 주는 건 누구지?

— 소수메, 윌리엄스버그

이 빌딩의 남자는 우리에게 밥을 줘. 게다가 우리가 살 작은 집도 만들어 주었지. 그 남자는 우리가 그 집에서 점령 계획을 세우고 있다는 사실을 모르는 것 같아.

점령?

크흠, 내가 말을 너무 많이 한 것 같군.

— 이름을 밝히지 않음, 스태튼 아일랜드

요리를 배우고 있어!

누가 가르쳐 주는데?

우리는 TV 프로그램을 늘 보거든. TV를 보면서 그런 지식을 전혀
흡수하지 않았을 거라고 생각해? 일요일에는 대구를 구울 거야.
꽤 오랫동안 계획을 세웠어. 그냥 대구를 좀 구해 오고,
오븐 손잡이에 손을 뻗고, 프라이팬에 대구를 올리고, 오븐을 열고,
오븐을 닫고, 잠시 기다리고, 오븐을 다시 열고, 대구를 오븐에서 꺼내고,
대구가 식기를 기다리고, 그러고는 대구를 냠냠 먹는 거야.

요리를 어떻게 해야 하는지 잘 아는 것 같네.

어떤 여자가 대구 굽는 걸 봤는데 꽤 쉬워 보이더라.
물건을 쉽게쉽게 잡더라고. 그러니 대구 요리가 나한테도 쉬울 거라고
하지는 않을게. 게다가 일단 대구를 어디서 구해야 하는지도
잘 모르겠어.

— 고고, 그린포인트

어렸을 때 대통령을 만났어.
아니면 그냥 자기가 대통령이라고 하는 사람이었을지도 모르겠네.
나는 그런 걸 구분할 줄 모르거든.

— 브린들, 윌리엄스버그

나는 가끔 고뇌하기 위해 이곳으로 와.

— 펄, 애스토리아

틈에 낀 느낌이 들면, 좀 더 활동적으로
움직여야 할 때가 온 거야. 사람들은 늘 내가 숨어
있다고 생각하지만, 사실은 내가 건강한 상태를
잘 유지하고 있나 체크하는 거지.

— 골드버그, 롱아일랜드시티

같이 사는 여자가 집에 빈 상자들을 들고 왔어.
나는 이렇게 생각했지.
'드디어 진짜 가구가 생겼어.'
근데 우리가 캘리포니아로 이사를 간다는 거야.
그녀는 이사 때문에 스트레스를 받는 것 같았어.
나는 그저 상자들이 다시 텅 비기를 바랄 뿐이야.

— 클리오, 윌리엄스버그

나는 살면서 너무나 많은 걸 배워 왔어. 그중에서도
사람들이 나를 위해 뭐든지 하게 만드는 방법을
배운 게 가장 쓸모 있는 것 같아.

— **맨페이스, 리지우드**

우리는 굉장한 라이브 음악 신이 있어서 뉴욕으로 이사 왔어.
그런데 이제는 그냥 애들이 하는 일렉트로닉 쓰레기만 가득해.
어쨌든 난 시끄러운 소리가 무서워.

— **날라, 윌리엄스버그**

사람들이 나를 무서워해.
헬러윈이니 마녀니 불운이니 하면서 말이야.
내가 사람들 앞을 지나치며 불운을 가져다 줄 것 같아?
아니, 그렇지 않아. 하지만 그런 생각을 한다면,
정말로 그걸 증명하려 하겠지.

긍정의 힘을 믿는다는 거야?

응. 나는 긍정의 힘을 정말 믿어. 예를 들어,
내가 '배가 고파지네. 저 그릇에 밥이 있어야
할 텐데…….'라고 생각하잖아? 15분이 지나면,
아줌마가 그릇에 밥을 부어 줘.
그런 일이 일어날 거라고 믿기 때문이지.

— 토, 차이나타운

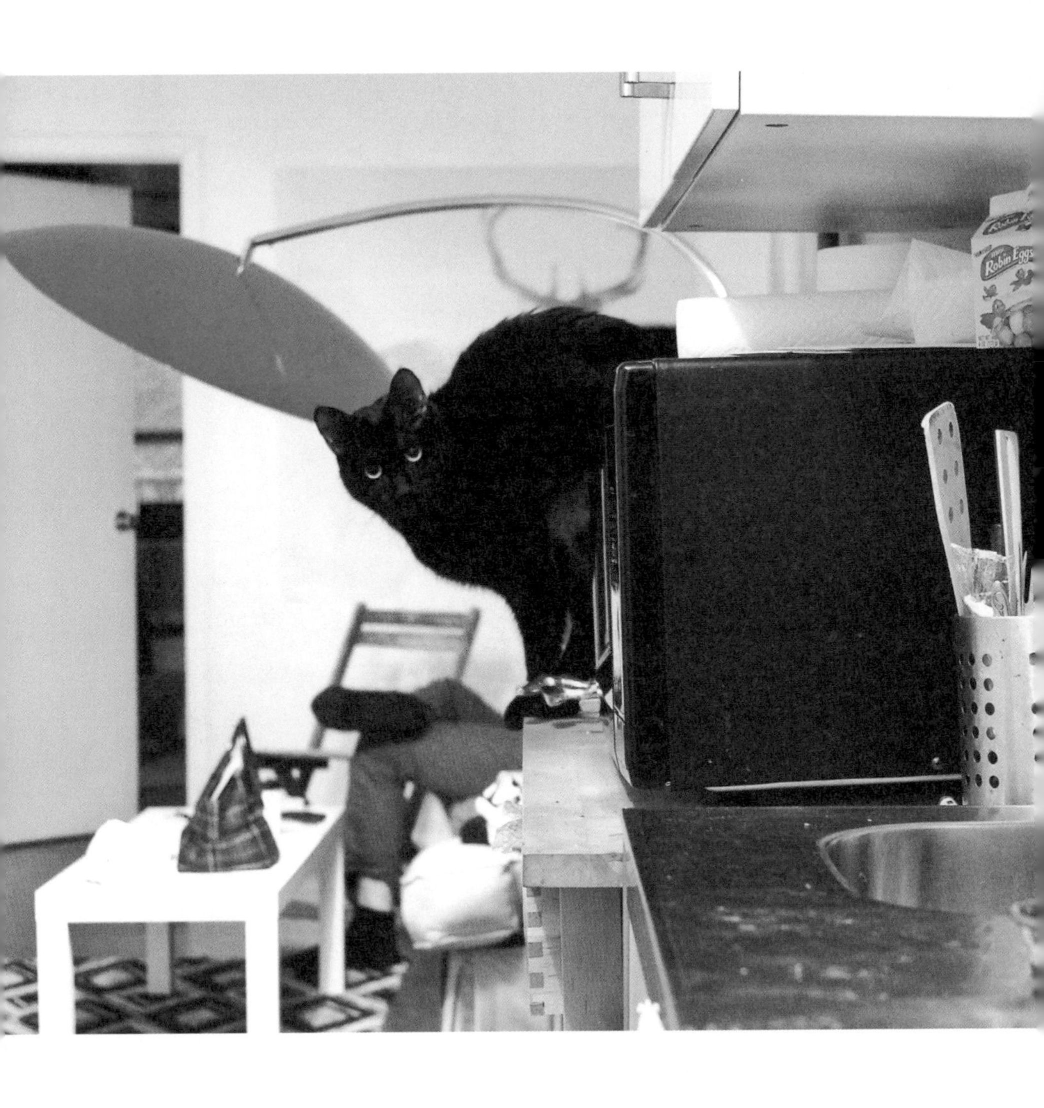
Robin Eggs

첫 이혼 뒤에 나는 조금 더 방어적인 고양이가 되기로 했어.
아직은 계속 그런 태도를 취하고 있지. 언젠가 다시 똑같은 일을 저지르겠지만.

이혼했어? 기분 나빠하지 않았으면 좋겠는데,
나는 고양이들도 결혼한다는 걸 몰랐어.

바보 같기는.

— 메이비, 코블힐

나는 새끼를 낳지 않기로 오래전에 결심했어.
다른 고양이들은 그걸로 나를 비판하지만,
새끼 고양이는 경력에 방해만 될 뿐인걸.

무슨 경력?

여기저기 돌아다니고 이것저것 위에 눕는 일에
종사하고 있어. 엄청나게 경쟁력 있는 일이지.

— 오렌지, 파크슬로프

인터뷰가 끝나면 나를 빗겨 줬으면 좋겠어.

넌 내 고양이가 아닌걸.

무슨 상관이야?

— 미스 키티, 소호

싫다.

— 비커, 윌리엄스버그

한때 나는 뮤지션이 되고 싶었어.
대신 프로듀싱을 시작했지. 노브를 돌리고,
슬라이더를 올리고 뭐 그런 것들을 해. 천직이지.
이쪽에서 인정받는 건 아니야.
그렇지만 인정받자고 하는 일은 아니라서.
내가 이 일을 하는 진짜 이유는 전자 기기 위를
걸어 다니는 게 좋아서야.

— 로레타, 크라운하이츠

나는 사자의 후손이야. 야생 동물의 본성이 가끔 튀어나오지.
그러니까, 그냥 뭔가를 사냥하고 싶어져.

보통 뭘 사냥하는데?

주로 실.

— 스카우트, 그린포인트

여기서 한 블록 떨어진 곳에 사는 길 고양이에게 반했어.
그런데 그녀가 같이 노는 고양이들이 나를 못살게 굴어.
걔들 엄청 세 보여. 앞으로 문을 열어 놓고 다니려고 해.
혹시나 그녀가 우리 집으로 걸어 들어오면,
나랑 사는 녀석이 그녀를 키우기로 할지도 모르니까.
그런데 그녀가 날 안 좋아하면 어떡하지?
그건 아직 생각해 본 적이 없는데…….

— **개리, 리지우드**

이 테이블은 내 거야. 주인 여자랑 그 여자의 친구들이 여기서 밥을 먹게 두기는 하는데, 먼저 나에게 밥을 줘야 테이블을 쓸 수 있게 해 줘. 다른 고양이들은 여기 못 올라오게 해. 주인 여자가 나를 방위군이라고 부르는 걸 들은 적이 있어. 무슨 뜻인지 모르겠지만, 나는 그저 내 영역에 다른 고양이가 못 들어오게 확실히 할 뿐이야.

— 레니, 윌리엄스버그

SARTRE
SIMONE

우리는 5년 동안 함께 살아왔어.
근데 요 몇 주 동안 한마디도 나누지 않았지.

왜 말을 안 해?

내가 모래 화장실 밖에 똥을 싸고는
걔가 대신 혼나게 했거든.

— **사르트르와 시몬, 리틀이탈리아**

소원 하나를 빌 수 있다면,
제발 채널을 좀 바꿔 달라고 빌 거야.

— 조지, 윌리엄스버그

나는 요즘 학교로 돌아가는 게 어떨까 생각하고 있어.
형사 행정학 쪽으로 말이야. 지금 하고 있는 일로는
아무런 진전이 없는 것 같아.

지금 하는 일은 뭔데?

내가 뭘 하는 것 같아?

— 타이코, 부시윅

나 지금 당장 모래 화장실을 써야 하거든.
좀 이따가도 나랑 이야기하고 싶다면
그때는 대화해도 좋아.

— 샐, 리지우드

여기서는 엄청 비싼 아파트를 볼 수 있어.
그중 한 집에 들어가서 굉장히 좋은 가구에
잔뜩 할퀸 자국을 내 놓거나 쉬를 싸고 싶어,
그곳 사람들이 식겁할 정도로.
아, 모르겠다. 나는 꿈은 크게 꾸거든.

— 칼, 윌리엄스버그

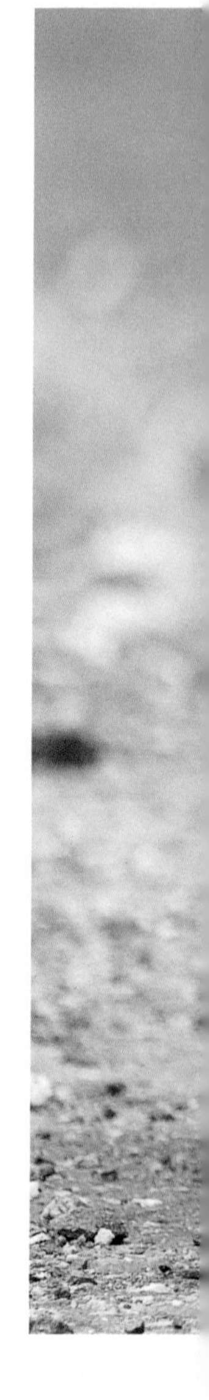

방금 쥐 봤지? 그치?

— 캠, 윌리엄스버그

나는 한때 집 안에서만 지내는 고양이였는데,
그 집 애가 문을 열어 놔서 탈출했어.
늘 적당한 때를 노리고 있었지.
걔는 좀 얼간이었어.
내 수염이나 잡아당기는 얼간이.

— 샘, 윌리엄스버그

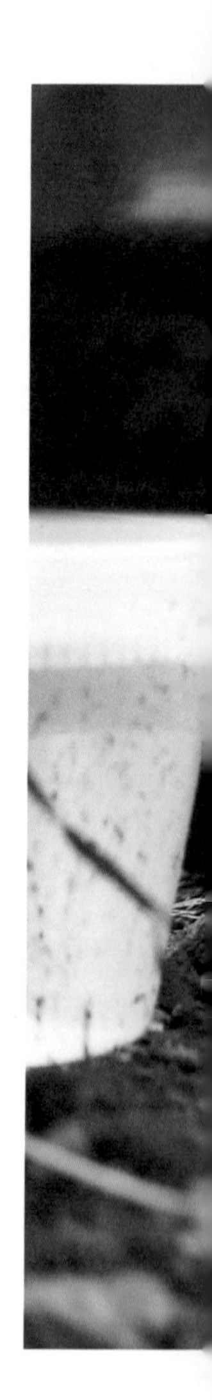

나는 한때 《포춘》에서 선정한 500대 기업의 CEO였어.

도대체 무슨 일이 일어난 거야?

사람들이 내가 고양이인 걸 알아 버렸어.

— 반스, 윌리엄스버그

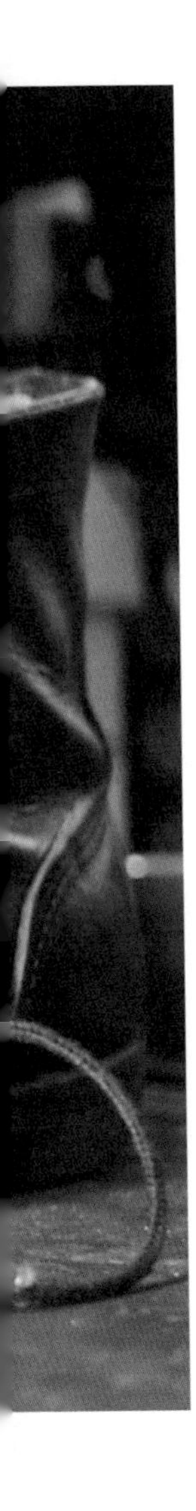

이 부츠는 내 아빠야. 우리 아빠는 감정을 잘 드러내는 편은 아니야.
아빠의 끈을 풀려면 애를 먹지만, 어쨌든 나는 우리 아빠를 사랑해.

— 아서, 리지우드

나는 비밀을 간직하고 있는 게 싫어. 모든 걸 그냥 다
말해 버리는 게 좋다고 믿는 고양이야. 그래서 사람들에게
내가 어떤 고양이인지, 내가 뭘 했는지 다 알려 줘.
하나만 예를 들어 줄게.
비록 우리는 아주 조금 전에 만났지만 말이야.
바로 오늘 아침에 여자애가 카운터에다가 우유병을 올려놨을 때
내가 뚜껑을 훔쳤어. 그리고 그걸 침대 밑에다 숨겼지.
나는 이 사실을 말 안 할 수도 있었어. 하지만 그럼 아무도
내가 그런 짓을 했다는 걸 몰랐을 거야.
말하고 나니까 기분이 좀 낫네.

내가 대신 말해 줄까?

응, 부탁할게.

— 오론, 로어 이스트사이드

AURON

지금까지 한 번도 모델을 해 본 적이 없어.
나한테는 새로운 일이지.

편하게 해. 모델처럼 안 해도 돼.
나는 그냥 자연스러운 모습을 찍는 거니까.

하지만 나도 모델이 될 수 있는 거지? 그렇지?
내가 모델이 돼야 한다고 생각해?

음……. 그래, 그렇지. 네가 원한다면.

— 클로이, 윌리엄스버그

새끼를 가지고 나서 모든 게 달라졌어.
예전에는 아무 데나 돌아다닐 수 있었는데
이제는 그럴 수 없거든.

어딜 가고 싶은데?

몰라. 아무 데나. 옆방?
그런 곳에 특히 가고 싶어.

— 미셸, 브롱크스

MICHELLE
JOONEY

여기서 살아남기 위해 알아야 하는 걸 모두 그녀에게
알려 주고 싶어. 깃털을 잡는 방법이라든가, 따뜻해 보이면서
동시에 무심해 보이는 방법 같은 거.

— 미셸과 주니, 브롱크스

나는 들어 올려지는 게 싫은데, 계속 그렇게 돼.

— 주니, 브롱크스

나는 110번가에 있는 이 집에 쪼그려 앉아 있곤 했어.
어릴 적에 다른 고양이들과 함께 말이야.
그런데 어느 순간 내가 원하는 삶은
그런 게 아니라는 걸 깨달았지.
그래서 누군가가 나를 잡아가도록 허락했어.

— **존스, 할렘**

광란의 자동차 여행은 재밌을 것 같지만,
사실 무시무시한 일이야.
왜 개들이 자동차 여행을 좋아하는지 모르겠어.

— 뱀퍼드, 롱아일랜드시티

가끔씩 스마트폰을 쓸 수 있으면
좋을 것 같아. 그렇다고 게임이나,
SNS나, 그런 걸 하지는 않을 거야.
시간 낭비 같거든.

그럼 어디에 쓰고 싶은데?

참치 캔 같은 걸 주문하는 데 쓰고 싶어.

— 허니듀, 로어 이스트사이드

어렸을 적에 친구와 함께 새 한 마리를 쫓고 있었어.
다치게 하지는 않았어도 꽤 겁을 줬어.
내 친구는 '죽여!'라고 했지만 나는 그럴 수 없었어.
바로 그때 내가 다른 고양이보다 감성이 조금 더
풍부하다는 사실을 알아 버렸지.
하지만 벌레들은 죽여 왔어.
벌레들의 하루를 망가뜨리는 데는 고민할 것도 없지.
엿 먹어.

— 스킵, 스태튼 아일랜드

장난감들이 그 남자한테 조종당하고 있는 것 같아.
그러다가도 다시 이런 생각이 들어.
'저건 분명히 스스로 움직이는 거야.'
영원히 답을 찾지 못할 미스터리인 것 같아.

— 보비, 할렘

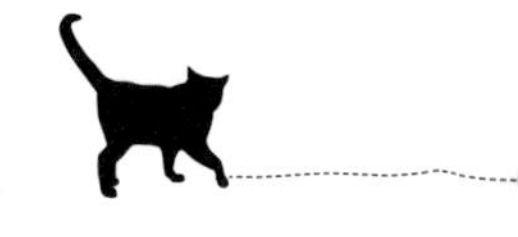

솔직히 말해서, 내가 어쩌다 한 팔을 잃었는지 잘 모르겠어.
심지어 여기 사는 다른 고양이를 보기 전까지는
팔이 하나 없다는 사실조차 알지 못했다니까.
“이봐, 너 그 팔 하나 더 어떻게 구했어?”
“팔 하나 더?”
우리는 이게 어떻게 된 일인지 함께 알아냈어.
잠시 속상했지만, 팔 하나로도 꽤 높이 뛰어오를 수 있는걸.
그러니까 뭐 어때.

— 알마, 애스토리아

나는 꾸준히 자기 계발을 해.
하루에 꽤 여러 번이지만, 잠에서 깨어날 때마다
이렇게 말하지.
"매디, 오늘, 지금 당장, 이 순간을 어떻게 조금 더
발전시킬 수 있을까?"
그러고는 몸을 쭉 늘어뜨리거나 물을 마셔.

그게 네가 자기 계발을 하는 방법이야?

응. 만약 몸이 뻣뻣하거나 목이 마른 상태라면,
최선의 상태가 아닌 거야. 좋지 않지.
몸을 늘이고, 목을 축여.
현재를 유지하는 게 중요해.

— 매디, 파이낸셜디스트릭트

집에 낯선 사람이 올 때마다
나는 그들에게 말을 안 하려고 해.
한두 시간 이상 있다 가면
또 다르지만…….
그럼 나는 아마 숨어 있던 곳에서 나와서
모든 게 괜찮은지 확인하겠지. 하지만 나를
두세 번쯤 볼 때까지는 쓰다듬지 못하게 할 거야.
이건 내가 정한 개인적인 정책이니까.

— 반조, 베드퍼드 스타이버선트

Philip Glass
H is for Hawk
RACHEL KUSHNER
WHERE THEY FOUND HER
KIMBERLY McCREIGHT
CHARLES SIMIC
Words Without Music

그러니까, 나는 책을 추천해 주려고 최선을 다해. 그런데 내 제안을 자꾸 공격이라 느끼나 봐. 좋은 의도로 추천해 주는 것뿐인데…….
나는 그냥 너희 사람들이 쓰레기를 읽지 않기를 바랄 뿐이야. 그게 다야.

— 찬탈자 티니, 파크슬로프

난 인터넷인가 뭔가에 별로 익숙하지 않아. 그런 게 있다고 들어는 봤는데, 직접 보지도, 냄새를 맡지도, 사람들이 인터넷으로 하는 어떤 것도 못 했어. 어쨌든 나는 거기에 고양이가 가득하다고 들었어. 정말이야?

응, 꽤 그렇지. 음, 90퍼센트는 고양이 관련된 거야.

우와.

— 샤무, 브루클린하이츠

우리는 너희 인간들을 위해서 이곳에 있다.
우리가 설치류를 처리해 주지 않으면
그 작은 괴물들 때문에 이 공원에
어떤 문제가 일어날지 알기나 하는가?
게다가 너희가 우리를 보고 싶으면
볼 수 있도록 여기 앉아 있어 주고 있지.
알겠나?
아이들에게 동물에 대해 알려 주고 싶지만
동물원 입장료를 내고 싶지 않다면,
여기로 데려오도록.
하여튼 내가 하고 싶은 말은,
우리는 좋은 녀석들이라는 거다.

— 자비스, 모닝사이드하이츠

나는 컬럼비아 대학에서 수업을 듣고 있어.

— 베니, 모닝사이드하이츠

빛이 닿는 모든 곳이 우리의 왕국이야.

하하, 그래. 영화 「라이온 킹」처럼.

난 그거 못 봤어.

— 에니드, 모닝사이드하이츠

가장 행복했던 순간은 카시스의 전속 화가 프로그램에 참여했을 때야.
나는 어렸고, 매여 있지 않았고, 무거운 짐을 지고 있지도 않았지.
나만을 위해서 살아갔어.

왜 이제는 그렇게 지낼 수 없는 거야?

여기가 너무 편해서.

— 마고, 파크슬로프

여기에 사는 여자애 덕분에 내가 다른 고양이보다
더 나은 삶을 영위한다는 걸 알고 있어.
그걸 얼마나 고맙게 생각하는지 그 애한테 알려 주고 싶어.
하지만 고맙다는 말을 하는 게 어려워.

왜 어려운데?

내가 내는 소리는 죄다 비슷하게 '야옹'으로 들리거든.

— **미스코, 어퍼 이스트사이드**

CAT

너도 나처럼 고양이라면
사람들이랑 소통할 때 끊임없이 균형을 유지해야 해.
언제나 스스로에게 이렇게 물어야 하지.
"먹을 걸 얻기 위해, 사람이 하는 짓을 어디까지 참아야 할까?"

— **킵, 그래머시**

지난주에 동물 병원에 갔어.
내 기억으로는 동물 병원에 간 게 이번으로 세 번째야.

아무 문제 없었니?

건강에는 아무 문제 없대. 그런데 괜찮지 않았어.
동물 병원에 가 본 적 있어? 동물 병원에 가는 건
언제나 괜찮지 않아.

어떻게 하면 동물 병원에 가는 게 덜 끔찍할 수 있을까?

동물 병원 사람들이 하고 싶은 대로 하라고 해.
나를 건드리지만 말고. 그러면 돼.

— 핀, 파크슬로프

꽃이 먹고 싶으면, 꽃을 먹을 거야. 꽃을 먹는 나를
이상하게들 보지만, 뭐 어때. 무언가를 하고 싶다는 충동이
누군가에게 피해만 주지 않는다면, 그냥 해 버려.
꽃을 먹고 싶으면, 그 망할 것들을 냅다 먹어 버리라고.

— 노먼, 부시윅

한때 사랑에 빠졌어. 하지만 우리가 함께한 시간은
그리 길지 못했지. 아줌마가 친구의 부탁으로
몇 주 동안 맡아 주려고 데려온 히말라얀이었어.
정말 폭풍 같은 사건이었지. 우리는 그냥 햇빛 아래
누워 있었고, 많은 캣닙을 함께 즐겼어. 그는 방울 달린
목걸이를 하고 있었지. 다시 그 방울 소리를 듣게 된다면,
어떻게 해야 할지 잘 모르겠어.
아마 그의 관심을 끄는 소리를 내겠지. 그러고는
그가 나를 향해 올 때마다 반대쪽으로 걸어갈 거야.
지금까지 누구한테도 이런 약한 소리를 한 적이 없는데.
세상에, 내가 이런 말을 털어놓다니. 꼴이 우습네.

— **페티, 그래머시**

고객들이 만족스럽게 돌아갔으면 좋겠어.
나는 그들이 원하는 걸 찾게 도와줘. 그리고 나를 쓰다듬게 하지.
사람들이 원하는 걸 못 찾아도 상관없어. 나를 쓰다듬어 주기만 한다면.

— 미스티, 파크슬로프

이런 곳에 사는 건 꿈 같을 거라고 생각하겠지.
가끔은 그렇기도 해.
하지만 보통은 이미 다 타 본 놀이 기구만 있는
놀이공원에서 일하는 듯한 기분이야.

— 미나, 파크슬로프

새로운 사업에 착수할 계획을 세우려 해.
자금을 어떻게 조달할지 조금 걱정되지만 말이야.
투자자를 찾는 게 어렵더라고.
지난주에는 대출을 받을 수 있을까 해서
은행에 가 봤는데, 운이 따르지 않더군.

어떤 사업을 하려고?

다중 플랫폼 앱을 개발하고 있어. 근처에서 애인을 만들려는
싱글 고양이들이 서로를 찾을 수 있게 도와주는 거야.
'Littr'라고 하지.

— 해미, 어퍼 이스트사이드

단 한 번도 여행을 좋아한 적 없어.
한 장소에 머무는 게 과소평가되고 있어.

— 마스, 첼시

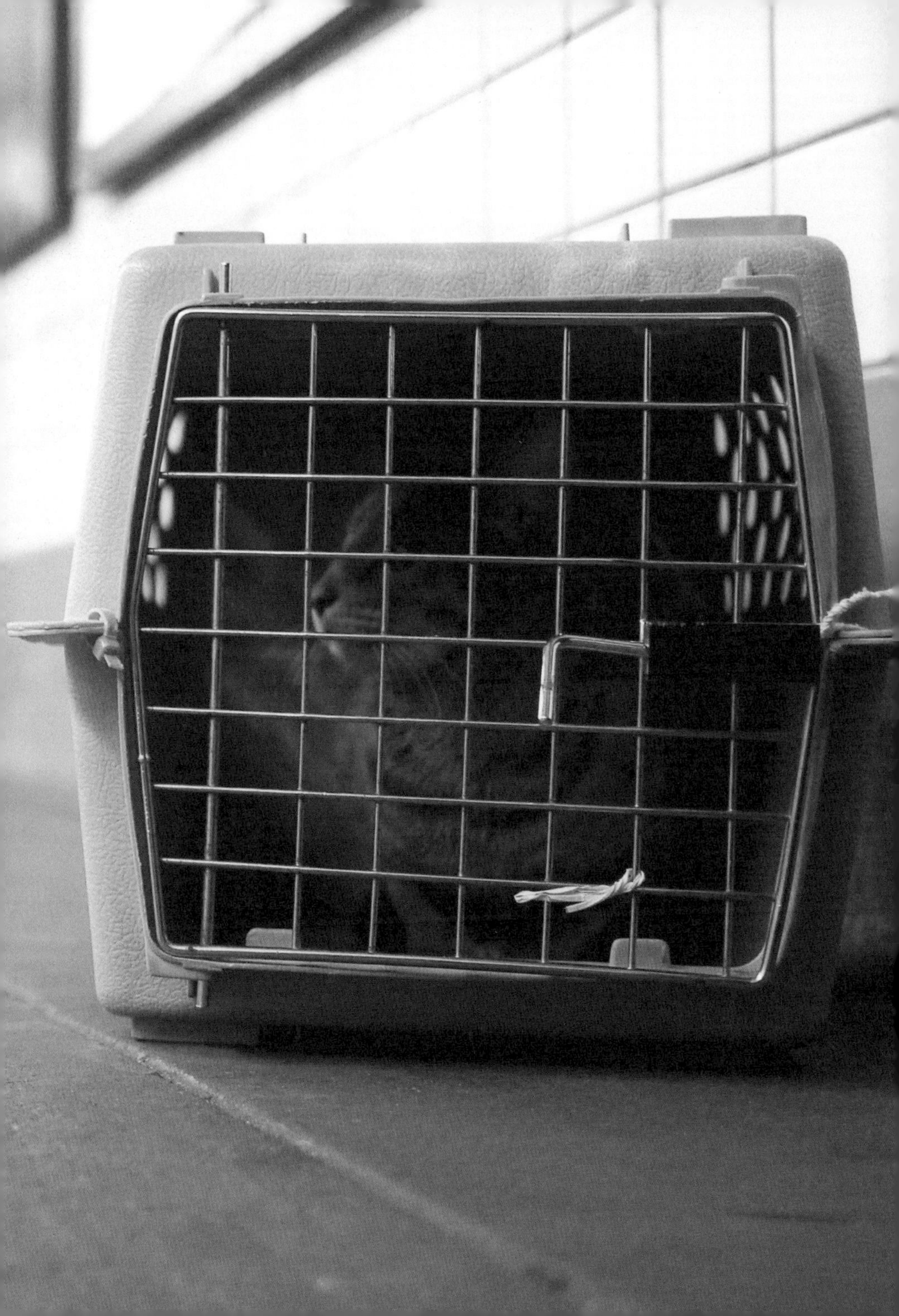

언젠가 도시 정책과 계획, 그리고 그게 맨해튼의
고양이 개체 수에 미치는 영향에 관해 강연한 적이 있어.
뭐, 아무도 듣지 않았지만.

— **민타, 어퍼 웨스트사이드**

한 번도 레스토랑에 가 본 적이 없어.
꼭 한 번 가 보고 싶은데.

사람들이 규칙적으로 밥을 주잖아.
그게 레스토랑 가는 거랑 비슷해.

그건 온전한 레스토랑 경험이 아니잖아.
레스토랑 분위기도 없고, 메뉴판도 없고,
와인 페어링도 없어. TV에서 다 봤거든.
나는 그 모든 걸 원해.

— 주노, 파크슬로프

최근 몇 년 동안 생일 선물을 못 받았어.
뭐, 별로 상관없어,
생일을 안 챙긴 지 한참 됐으니까.
시간의 흐름에는 별로 관심도 없고.

— 디에고, 포트그린

나는 장난감이 잔뜩 있어.
하지만 이 모든 걸 진짜 벌레 한 마리와 바꾸겠어,
전혀 망설임 없이.

— 사샤, 어퍼 웨스트사이드

사랑을 표현하는 건 뭔가를 해 주기보다 뭔가를 안 해 주는 거야.
예를 들어 내가 널 사랑한다면, 난 네 침실 문 앞에 똥을 안 싸겠지.

— 롤로, 파크슬로프

원래 나는 엄청나게 숨어들었어. 소파, 상자, 구석, 벽장, 양동이,
어디든 말이야. 어디든 숨었다고. 그러다 어느 한순간,
'마고, 왜 숨는 거야? 저 사람들은 그냥 너에게 밥을 주고
쓰다듬어 주고 싶은 것뿐이야. 그게 다야. 나와서 받아들여.'라는
생각이 들었어. 그래서 여기 있는 거야.
날 쓰다듬어.

— 마고, 로어 이스트사이드

나는 여기 있는 악기를 전부 연주할 수 있어.

정말?

응. 근데 우리 집 여자애처럼 잘하지는 않아.
사실 박치거든.

— **헤이즐, 유니언스퀘어**

다행히 난 신세대 고양이야. 우린 말로 표현하거나
감정을 드러내는 게 좋다는 걸 알고 있지.
난 일주일에 한 번 상담을 받으러 가. 일기도 쓰고.
수채화도 배울 거야. 그림을 그리는 게
마음을 진정시켜 주는 것 같아서 말이야.

— 미스터 보쟁글스, 애스토리아

뉴욕으로 이사할까 고려하고 있다면, 오지 마.
이 도시는 이미 다 찼으니까.

— 미스 프리시, 첼시

우리 집 여자애는 늘 뭔가 할 게 있어서
뉴욕에 산다고 했어.

동의하니?

응. 나는 뉴욕에서 단 한 번도 지루했던 적이 없어.
언제나 갖고 놀 병뚜껑이나 흙덩어리를 찾아낼 수 있거든.
다른 곳에서는 이런 걸 절대 못 구할 거야.

— **캐스티엘, 이스트빌리지**

우리는 고대 이집트에서 숭배받았다.
지금은 어떤가? 우리가 가진 게 뭐지?
이 방충망 하나도 못 여는데.
그러니 그만 쳐다봐.

— 엘리스, 애스토리아

아줌마가 태국 음식을 시킬 때마다,
"나도 팟타이 작은 것 부탁해요."라고 해.
그런데 아줌마는 한 번도 들어준 적 없어.
한번 먹어 본 뒤로는 늘 팟타이 생각을
하고 있는데 말이야.

— **페리스, 윌리엄스버그**

지금 내 털이 그리 마음에 들진 않아.
그래도 내 스타일이란 게 있어. 이게 뉴욕의 장점이지.
다들 남보다 자기 자신에게 관심이 더 많거든.
나는 말 그대로 상자를 머리에 쓰고 돌아다닐 수도 있고,
만약 자신감이 폭발하는 모습이라면,
상자를 어디서 구했느냐고들 물어보겠지.
따라 하고 싶어서 말이야.

— **버스터, 소호**

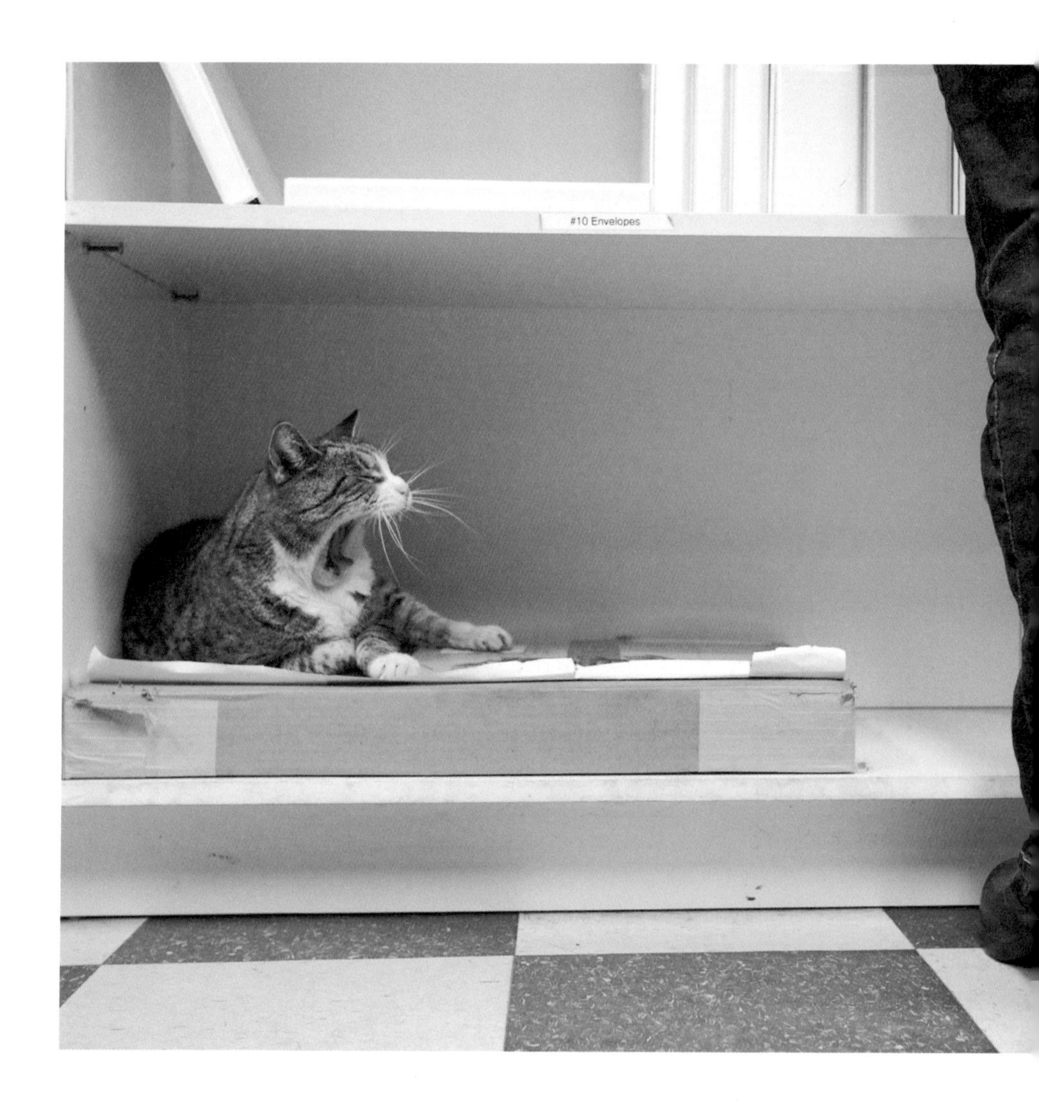
#10 Envelopes

내가 없었으면 여기는 완전히 폐쇄됐을 거야.
뭐, 꼭 폐쇄되지 않더라도, 여기 종이들은 아마 날려 버렸겠지.
내가 그 정도는 알지.

— 카피, 파크슬로프

여긴 내 구역이야.
상자 몇 개랑 밥을 이리 가져오려 했는데,
아줌마는 별로였나 봐.

(웃음) 우편물도 여기로 받니?

그게 최종 목표야.

— 재스퍼, 윌리엄스버그

BOWIE
FIASCO

인생을 어떻게 마감할지는 알 수 없어.
그 순간이 왔을 때,
그저 자신의 눈을 똑바로 바라볼 수 있으면 돼.
거울 앞에 서서 네 눈을 바라보며 말해 봐.
"우리는 해냈어. 올바른 길을 따라 살아왔지.
그리고 이제 여기에 왔어."
나는 지금 여기서 거울 속 나를 쳐다보고 있어.
한때는 이 거울에 비친 게
다른 고양이라고도 생각했지만,
사실은 언제나 나였어.

— 스티브, 로어 이스트사이드

부동산 중개 면허를 따려고 공부하고 있어.
뉴욕 부동산 시장은 어마어마하고 쉽게 망할 것 같지도 않거든.

— 리엄, 윌리엄스버그

내가 전화기를 발명했어.

아니거든.

— 휘트니, 리지우드

쉽게 간과되곤 하는 고양이 단체들에 대한
관심을 일깨우기 위해 나는 거리를 누비고 있어.

고양이 단체들?

봐, 바로 그거야.
바로 그래서 내가 이 일을 하는 거야.

— 닉, 부시윅

그냥 아무 고양이나 데려와서 "자, 뉴욕에서 살아라."라고 할 수는 없어.
뉴욕은 특별한 고양이를 위한 특별한 곳이거든.
우선 작은 집에서 시작해 떼돈을 벌겠다고 해도, 일단 자금이 있어야 돼.
창가를 지나가는 사람들을 구경하는 방법도 배워야 하고.
그들은 가끔 창문을 톡톡 두드리기도 하는데,
그러면 그냥 '어쩌라고.' 하면 돼.
여긴 험한 곳이니까.

— 버드, 포트그린

나이가 들고 인생의 어느 시점에 이르면
원하던 모든 게 눈앞에 딱 놓여 있는 순간이 와.
하지만 감흥은 곧 사라져 버려.

— **보비, 리지우드**

STORAGE

젊은 시절에는 거리에서 시간을 많이 보냈어.
가서는 안 될 곳을 가고 움직이는 건 다 쫓아다녔지.
동네 철없는 고양이가 할 짓은 전부 다 했어.
한동안은 갱들과 어울리기까지 했다니까.

갱단에 들어갔다고?

응. 근데 이젠 걔네랑 연락 안 해.
그런 삶이랑은 맞지 않는 것 같아.
폭력은 난무하고, 가구는 부족한 삶 말이야.

— 도트, 애스토리아

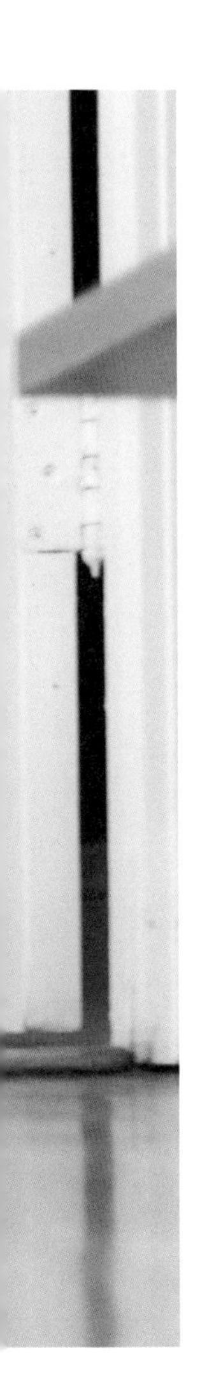

그만큼 떨어져서 찍을 거 아니면, 사진 찍지 마.

뭐 하나 물어봐도 될까?

음, 사실 그게 벌써 질문 하나지만.
기회 한 번 더 줄게. 해 봐.

인생에서 제일 후회하는 게 뭐야?

네가 여기 들어올 때 더 잘 숨지 못한 거.

— 더그, 클린턴힐

나는 누군가와 식사 몇 번 함께하는 것보다
더 긴 관계를 맺어 본 적이 없어.

— 네로, 서니사이드

이 담요 좀 만져 봐. 엄청나게 부드러워.
나 말고, 그냥 담요만 만지라고.

— 누들, 윌리엄스버그

한번은 소파에서 엄청 희귀한 동전을 발견했어.
잡으려고 했는데, 그만 틈새로 떨어졌어.
아직 소파 안에 있는 것 같아. 확실하진 않지만.
그 동전 생각이 자꾸 나. 팔 수도 있었고, 전당포에 맡길 수도 있었지.
그 돈으로 요트를 샀을 거야.
진짜 요트를 가지고 싶거든. 바보 같은 소리야?

오, 아니야. 전혀 그렇지 않아. 고양이가 요트를 가지고 싶다는데
바보 같을 리가.

고마워. 드디어 누군가가 날 이해해 주는군.

— **노니, 애스토리아**

내가 자동차였으면 좋겠어.

자동차를 가지고 싶다고?

아니, 내 말은, 내가…… 자동차였으면…… 좋겠다고.

— 퍼지, 파크슬로프

나는 미스터리하게 행동하는 걸 좋아해.
이걸 인정하는 건 아무렇지도 않아.
만약 카드 패를 바로 다 보여 준다면,
누가 그걸 알아내려고 네 곁에서 기다리겠어?
가끔은 터무니없는 패를 던지고,
다른 사람들이 계속 추측하게 해야 해.

— **필리스, 윌리엄스버그**

카나리아 제도에 대해서 들어 본 적 있어?

응. 아름답다고 들었어.

여기서 나가면 거기 갈 거야.
새들이 엄청나게 많고, 햇볕이 내리쬐는 그곳으로.
어때, 겁나 멋진 꿈이지?

— 시바, 로어 이스트사이드

그냥 기대만 해서는
멋진 직함과 고급 사무실을 얻을 수 없어.
노력을 해야 해. 경쟁력을 갖춰.
남들보다 조금만 더 나아지는 거야.
책을 많이 읽고, 건강에 좋은 음식을 먹고,
'내가 보스다.'라고 적은 명함을 만들고 말이야.
그게 보스가 되는 방법이야.

— 올리비아, 어퍼 이스트사이드

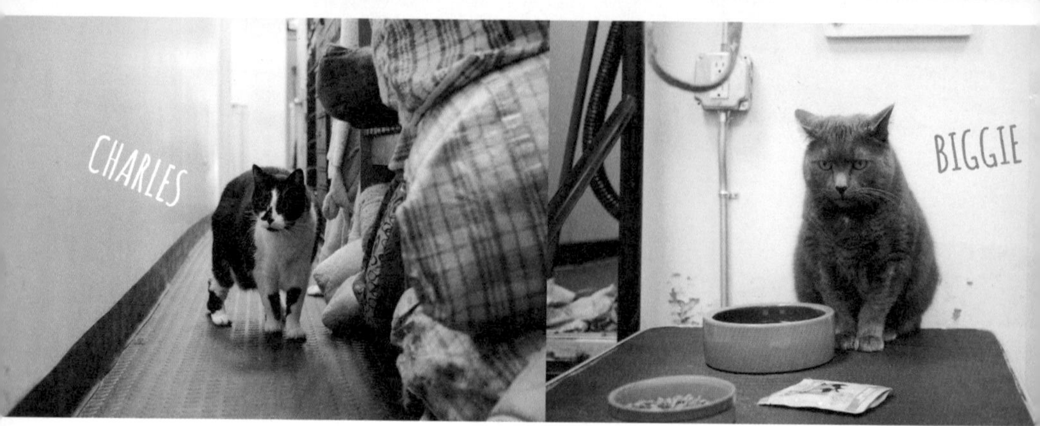
CHARLES
BIGGIE

우리는 함께 살고 함께 일해. 이렇게 지내는 건
가장 안정적인 인간들한테도 힘든 일이지.
우리가 문제없이 지내는 이유는
서로의 공간을 존중하기 때문이야.

— 찰스, 첼시

나는 허공을 바라보며 망상을 해. 찰스가 없는 세상을 상상하지.
자유를 상상하면 행복해지지만, 외로움을 생각하면 슬퍼져.
그냥 찰스가 밥을 시끄럽게 먹지만 않아도 좋겠어.

— 비기, 첼시

어디에 사느냐로 누군가를 판단하면 안 돼.
하지만 보통은 그러려고 하지.
내가 어디서 왔는지 알면,
"수염을 기르거나 멋진 안경을 써 보면 어때?
수집한 레코드는 어디 있어?"라고 묻거든.
그럼 난 "수염은 못 길러. 안경도 필요 없고.
레코드는 거실 선반에 있어."라고 대답해.
이제 누군가를 규정하는 진정한 기준을 이야기해 볼까.
닭고기파야, 아니면 해산물파야?

— 미스터 프레지던트, 그린포인트

지난주 파티에서, 나는 세 놈을 쫓아냈어.
그 녀석들이 내 뜻을 이해할 때까지
다리 주위를 빙빙 돌았지.
그냥 걔네 분위기가 마음에 안 들었어.
나는 좋은 기운을 유지하는 걸 선호하거든.

— 엘리자, 롱아일랜드시티

나는 유명한 예술가가 될 거야.

어떤 예술을 하는데?

주로 설치미술. 양말, 깃털, 먼지 덩어리로.

— 비, 웨스트빌리지

난 이 아파트 안에 있는 거의 모든 물건에 몸을 비볐어.
그러니까 엄밀히 따지자면, 여기 있는 것들은 이제 다 내 거야.

— 기네스, 부시윅

내가 여섯 달 된 고양이었을 때,
소파 밑으로 굴러 들어간 체리를 발견했어.
한 사흘쯤 그걸 갖고 놀았지.
그런데 아저씨가 그 체리를 버려 버렸어.
조금 역겹게 변했거든.
그때가 내 인생 최고의 사흘이었어.

— 오마, 플랫부시

책을 많이 읽지는 않지만,
여기 들어오는 많은 책을 흡수한 기분이야.
왜 그런 거 있잖아. 책 위에 잠깐 앉아 있으면서
그 안의 내용물을 빨아들이는 거.
그게 바로 과학이야.

— 햄튼, 어퍼 이스트사이드

파티 겁나 싫어.

— 미미, 윌리엄스버그

bloomingdale's
.com
little
brown
bag

물질 만능주의자 같은 소리를 하고 싶지는 않지만,
쇼핑백을 좋아한다면 네가 살아야 하는 곳은 바로 뉴욕이야.

— 레지널드, 미드타운

나를 좀 진지하게 생각해 줬으면 좋겠어.

— 런던, 애스토리아

지금 네 뒤쪽 벽에 파리 한 마리가 있는데,
내 시야에서 절대 놓치고 싶지 않아.
그러니까 잠깐만 참아 줬으면 해.
너랑 얘기하는 건 정말 즐거워.
다만 저 파리에서 눈을 뗄 수가 없는 것뿐이야.
무례하게 굴려는 건 아냐.
내가 어떻게 할 수 있는
문제가 아니거든. 본능이라서.
정말 미안해.

— 티그, 파크슬로프

어디에서 어떤 처지가 되든, 나는 문제없어.
냉정하게 보이려고 하는 말이 아니야.
무엇에든 적응할 수 있거든.
그래서 우리 고양이가 인간들보다 오래 살아남는 거야.
너, 엄청 충격받은 표정인데.

— 쥬스, 어퍼 이스트사이드

고양이로 사는 게 좀 지겨워졌어.

진심이야? 굉장한 삶인 것 같은데.

꽤 좋고 느긋하긴 해.
하지만 신분 상승은 못 하잖아.

— 찰리, 브루클린하이츠

이 신발 끈은 내 하나뿐인 세속적 소유물이야.
나는 대단한 미니멀리스트인데, 뉴욕 같은 데 살려면 그래야만 해.
신발 끈 하나만 가져와서 열심히 일하는 거지. 정말 필사적으로.
그럼 몇 년 안에 자기 이름으로 된 신발 끈 두세 개는 가질 수 있어.
그러고 나선 그걸 보관할 데가 없어서 교외로 이사 가는 거지.

— 포비, 윌리엄스버그

감사의 말

나를 많이 도와주고 지지해 준 세노아 에스트라다,
더 좋은 카메라를 빌려 준 릭 리터,
웹사이트 운영을 도와준 가족과 친구들, 정말 고마워요.
무엇보다 인터넷으로 연락한 사람을 집에 들이고
고양이 사진을 찍게 해 준 모든 분들께
무한히 감사드립니다.

— 휴지, 미국 캘리포니아

옮긴이의 말

뉴욕이라는 도시는 어찌 보면 고양이와 닮은 구석이 참 많다.
겉으론 차가워 보이지만 속내는 따뜻하고, 관심 없는 척 쿨하게 굴지만
때론 다정하게 느껴지는 부분이 특히 그렇다. 이런 모습 때문에
더욱 매력적인 것까지 닮았다.
번역을 하면서 내 고양이와 함께 겪었던 유쾌하고 가슴 따뜻한 추억들을
다시 떠올릴 수 있어서 즐겁고 행복했다.(비록 휴지는 뉴욕과는 정반대 방향인
서부에 살지만 말이다.)
『뉴욕의 고양이들』을 읽은 여러분은 분명 공감하게 될 것이다.
고양이는 사랑할 수밖에 없는 존재라는 걸.

뉴욕의 고양이들

1판 1쇄 인쇄 2016년 8월 22일
1판 1쇄 발행 2016년 8월 29일

지은이 짐 튜스 **옮긴이** 엘렌 심
펴낸이 김영곤 **펴낸곳** 아르테
문학출판사업본부 본부장 신우섭
책임편집 제갈은영 **해외문학팀** 손미선 **디자인** 정은경디자인
문학영업마케팅팀 권장규 김한성 오서영 최소라 김선영

출판등록 2000년 5월 6일 제406-2003-061호
주소 (우 10881) 경기도 파주시 회동길 201(문발동)
대표전화 031-955-2100 **팩스** 031-955-2151 **이메일** book21@book21.co.kr

아르테는 (주)북이십일의 문학 브랜드입니다.

(주)북이십일 경계를 허무는 콘텐츠 리더

아르테 채널에서 도서 정보와 다양한 영상자료, 이벤트를 만나세요!
가수 요조, 김관 기자가 진행하는 팟캐스트 '[북팟21] 이게 뭐라고'
페이스북 facebook.com/21arte 블로그 arte.kro.kr
인스타그램 instagram.com/21_arte 홈페이지 arte.book21.com

ISBN 978-89-509-6612-6 03840
책값은 뒤표지에 있습니다.